JN137716

桜まいり

鈴木東海子

書肆山田

《天牛（かみきりむし）》，鈴木研之輔，水彩，650×500mm，1999

目次——桜まいり

桜まいり

夕窓

北の小窓のなかは夕闇でするりとのびるのだが。ひとふきの流れが重く漂うのだが。

窓は闇をとおる風を押してくるばかりで明りのひとすじをしぼりこみ日をむらさきにしぼるようなしみ方なのであった。

眼のとどまるあたりに。

葉のかたちにうずもれるように訪ねてくる。

窓のかたちにうずもれるように訪ねてくる。

室内の明りにふちどられる頃になると
小枝がひるのつづきに夕風をのせてたわむように夏のはしから葉のかたちにとどまる。

〈左羽が少し短いね。

影の葉の濃さで羽の色に重なってあるのだった。
眼のとどまるあたりに。
うずもれているかたちから見えているのだろうか。
青菜を刻む手にしめす明りの輪がここにあって。
黒い羽が風の音をしずめて葉にふるえを伝えている。
声のようなふるえよ。
小窓のなかの眼のとどまるあたりに呼ばれているのであった。
背がはばたきたいのであった。
そこまでへ。

桜まいり

薄い胸に吹雪く桜がたまり胸をうずめ胸を押しつぶす。薄い花びらが雪にまで冷えて喉もとから胸を押しつぶすのであった。吹雪くなかに立っているのはわたしであって私であると叫ぶ息が白くもれる。花びらは積りわたしの輪郭であるが線状にではなく立体的にまつわり白いわたしは花びらになっているように内がわの雪が冷たくするわたしであるから叫んでいるのは白い息だけで雪の声でとける花びらになってしまう。ここにいるわたしはどこまでも在るわたしといいたいのだが白いわたしでもよかったのである。融け合うことのできるわたしである希みをもつことで花びらができると知るのである。

視界は花びらのなかではもうかたちを保たなくてもいいのだった。苦しく重ねられてもいいのだった。融けていくものをのみほすのであった。包みこまれていく。吹雪く激しさを鎮めるように。激しく渦まく白いなかで細かい静けさが指し示すことをまつように。ここで立っていることが静かなこと。飛び立つことが静かなこと。叫ぶことが静かなこと。どの方法でももう立体をつくることははかない朝夢のつづきのようで次をまつことが静かなこと。桜の静けさにより添うことにこんなにも激しく花びらが胸にたまる。冷たいがつづくと指し示す方が凍える。滴るものが血のようなものであった。こごえるしたたりがちに散るか。さくら色のちがちる。うっすらと胸ににじみ重さがとけるように姿を写してほしいのである。白くてもいいのである。姿をうつしてほしいのである。さくらいろの声で。

ゆりの雨

雨がひだをつたわるながれの青いくきのひだのながれにのびるながれがつながっていく青さである。雨の手がひろげる青の先は夏の位置でとどまらない。しずくの。指のようで。からめてゆく手のひらをひらくようにつかむようにのびて咲きたいのだった。

さするようにからむ雨の手が湿っているのだがさらにのびてからみたいくきはみずを吸いつくすいきおいでのびつくすのであった。

からみたい木はすぐ前にあり丈さえのばせばとどくようにあるのだったがかするまえに先がふくらみひらいていくのだ。白い筒はのびる香りでささやく香りで白い口をすぼめるかたちでつきだすものだから木は香りにつつまれて懐しい気持ちになるのであった。甘やかな息にさすられたのがはじまりであったかと記憶をたどる野のあたりに立っているのである。

冷たくなってゆく手のひらにあたたかいふれあうかよいあう言葉のようなときがあった。そうして手のようにひえていくあの日のどこまでも冷たくなっているのをながめていなければならなかったわたしはわたしではなくそこにいるだけであった。わたしであったならどのようにしてもそこにとどまるはずであったのだが。はなれゆく。はなされてゆくあの手ざわりがありそこから気持ちがはなれたがらないのであった。

ささえられていないのびは重みでまえのめりになり木によりそうようにのびてゆくのであった。雨のおもみはふりしきる長さで押しつぶされて背をさする手が流されてしまいそうだ。

草の日

その先で震えているのは
青い芽であるならば
問うことはない
どのように小さくあっても
あの小粒たちなのである
軽く舞いあがる羽の種子たち
屋根のうえまでのびた茎についたぼんぼりの
白い筒の花を想うには
短い季節であったか
長雨の日の続きは
風ばかりが吹いて

湿り気が吹きとばされる
筒が乾いてちぢむと
かさこそと風声が透りすぎる
留まらない白いだった

〈どこまでも行くよ。
〈ひかりのなかね。

ひと芽の
ふた芽のと
数える度にふえていくあしたに
また雨の日がくる
白い羽というよりも
白いはなという口つきで

緑布

草に散る鮮血は小さな花のように広がっているのだが草の切り傷かとも思う零れのようであった。濡れいろのむらさきのふくらみが敷物のように咲き詰めてから深い池の底に沈むような花になる。

真夏の虫の葉を食む音が規則的に葉ゆれのようにすりあわされて葉は細くなり細くなりといちまいが一茎になるのである。ひとはなにひとまわりのかこみによってむらさきの点描画になるのだった。葉のかずだけ茎があり花のかずだけ茎があり食む音がやむ頃には茎だけが立っている。そうして赤と黒の縞模様の虫は菫の枯野を渡っていくのだが。まだ夏の風がたまって湿っている急斜面をのぼってゆくと休息するのにいいへこみに前足をかけて眠りにはいるのだった。雨にぬれることもなくおだやかな眠りをすごすのである。

それは仮りの眠りでもあったのだろうか。

育つ眠りとでもいうように内部が変ってゆく眠りのなかでむらさきが結実するかのように目覚めるのであるが羽が花びらのように開くのであった。薄黄色の花びらに黄土色の斑点のついている羽がある。あの毛ばだつ赤は地にしみて吐血のようであった。鐘型のふちどりの金銀がわずかに繊毛のように粉ふいている。

菫だけを食みあのむらさきを体内に詰めこみ菫色に染まり蛹はむらさき蝶に羽を広げることを疑わなかっただろう。望むこともなかっただろうか。わたしはむらさきの羽を待ちたかったのだろうか。あのあさにわたしはむらさきを吐いたのだが。それで望むことを忘れるだろう。望むことがなかったかのように言葉を吐きだしたかったはずだ。

赤と黒とが混り合うことは言葉が混り合うようには作用しなかった。黒い言葉のように赤い言葉のように叫ぶ言葉が内部に詰っていて喉もとまでも詰っており時おり吐くのだが鮮血のはなびらの形をしてひろがるだけであった。もうわたしのなかには混り合った言葉はなく赤い色も黒い色も変色して薄い羽のように低く飛びたつだけになる。

静まる言葉たちよ。

虫のように夏を食みかたい内側にこもればいいのだ。言葉たちは時のなかで羽化するであろう。言葉たちとして。

言葉の布になる。

かおり雨

香るさわさわさらさらにその香りに紛れている耳が香りの音のさざめきを聞きとるのである。金いろが降る音は滴がつらなるようにおりてくる。さわわさわわと。

雨音に似ているようで明るさがましてまばゆいのだった。

金いろが粉のようにさわるように地をまぶしているのだった。地面が香りにしきつめられている。

きのうの言葉のようにそれは輝いていた過ぎた言葉であった。

届いてくるのはその香りの強さだけではなく流れるメビウスの輪の秋のめぐりくる金いろであった。言葉が言葉にからまって変容していくのは望むことに近かったのだろうか。

金いろをこぼす木は銀いろをこぼす木と向いあっていたはずであったがと記憶の戸口に手をかけるのだが。やはりそこにはきのうがあって金いろばかりがこぼれてくる。

〈きのうはそこに立っていたね。

〈目をほそめていたね。

なににつかまっていたのだろうか。手をはなしたのはわたしだったのだろうか。金いろのほとりに立っていたのはわたしであっただろうか。手をはなしてしまったのは香りが強かったからと言葉ではいえるがそのようなことを言えたであろうか。

さわさわさわわと花つぶが言っている。

きのうは湿っていた。

あしたには乾いている。
わたしが乾いていくのだろうか。涙をながしながらつよい香りをはなって。

樹時計

樹が指し示すと
花がなりわたる
小さな実を落とすふりで
青葉をゆらし
時をゆすっている
深緑の葉の重なりの平群れに
種子がはじけるとき
種子は菫色にかがやくのだった
すみれいろからうすももいろにうつり
樹が指し示す
庭ぜきしょうへめぐり

ねじり花の階段をのぼっていくと
その先のもう一段に
足をかけたくなる
うすももいろが
すみれいろにふりかかり
こいももいろにふりかかり
想い出の模様のようであった
ここでは
はく息までが想い出である
樹が指し示すと
想い出がなりわたる
呼ぶ声のように
なりわたる

花むれ雨景

わずかなねじれにそってかけあがるひとあしは先へ先へとのぼってゆく桃色だ。その数をかぞえてのぼってみると二百七十五はなになる。ここにあってここにもあって小さなうす桃色の花は上に向っている。

その上昇が忘却の結実になりえようか。

二百本のねじれにひと足かけたこの記憶はどこからの計量であったかどうか。いくつめの本数か忘れがちにねじれていくつめの花粒に気持ちをのせてこの先の思いをはせる草むらにもうずくまったまま立ち上らなくてもいいのだと花が種子になる結実は手のひらの中である。この高さにこのねじれはまだ続きがあり続きは淡い色から濃い色に変化があり遠いが濃い色になる。遠いから遠くまでか近いから近くまで手にとれるはずの濃い感情を確かめているように続きを数えている。

一本に五十粒の花があり下から順に咲いていて雨のふる夏に坐っているわたしはどの粒もひとつ咲きふたつ咲きと数えることがわたしであるかのような気持ち吐きだしながらうすめてみるのだった。

夏の花はこのように咲くのであったか。

伸びるだけのびてという高さまであるわけではなくひざ丈まで立ち止まるようにねじれて咲くのである。

そこからは夏を立つという丈になり乾く色になるのである。このかわきはここまでも続きこの先も続くだろう。


〈雨のつづきね。

〈花のつづきね。

この先も

〈夏のつづき。　よ。

緑年の末

螺旋の夏の千種をめぐるようにのぼる手はずはすでに手法のなかにある。一段ごとに薄桃色から濃い桃色までの段階の光度や鮮度をましては親密度は足うらが知るだけである。緑地にかがんでみると緑面に近づき捩花の丈が膝丈をこえて埋もれた人になるのである。緑の人のように緑地に染まっていく。

回転していくかのように体長をからめていく類のいきものがいて雨の雫が伸びたようになる。この透きとおりが手法でもあり角度を保つのである。そこでは伸びをすると前へすすむ。そこでは縮むことで前へすすむ。であると。身体の伸び長さがどこまでも茎の長さや太さに反応してすすむのである。

雨もよいの日の湿気は浴室に似ておりそこを住家としていたことがあったのを思い出させる螺旋である。薄さに対する順応をもち狭さに対する停止は室内の色彩と同調するのであり粘着性においては垂直の歩行にさえ道すじをつけるのだ。わたしたちはその長さや薄さを捜したのであった。在ることを捜したのだった。在ることを捜すとそこには見えてくるものがある。わたしは指し示された一匹を葉にのせる。わたしは指し示された二匹目を葉にのせる。

〈夜の散歩〉と名づけて。

わたしは在るものを毎夜そとにだすのだった。在ることを捜すには在るひとがいなければならなかった。在るひとがいなかった。そして昼間の緑地である。千種の捩花が回転を望んでいる。在るのは雨の雫のように伸びを繰り返している透きとおった一匹でありひとつの伸びである。捜すことのできる在るひとは緑地で指し示す。

それがひとつであることを指し示す。見えていることは
在ることだろうか。指し示す手がみえるのである。

淡せき章

あかい風にまう花びらとみえてふれるとただ冷たいのであった。とける花びらを手にうけとめるとあかくとどまり重なりつづけるのであるが秋のはじめは冬のように静かに冷えていくのである。風のはこんできた淡い薄さは透きとおって地につき赤くそまっていく。

とけたのは雪のはなびらであったが赤に赤を重なるはなびらは冷たいをかかえてはいるが。

この薄く白いかたちはどこにあったものだろうか。

想いだけが濃くなっていく白いうすいもの。

手のひらに零れたいくつかのこまかい白い。

雪の花びらのようではあったがいつも見ていたことのあ

るちいさなやわらかい花びらの爪さき。のはずね。
うすいちいさなものそれはなにかうすいちいさなおもい
とでも言っていいように心にかかるのである。小さい手
のひらからはなれるとちいさいかけらであっただろう。
大きな手のひらからはなれるときでさえもちいさいこま
かい爪であった。とけないで。いて。
ここにいたのであった。
雪の花びらのように白くうすいちいさな爪は先からはな
れてここにあるのだった。それは見慣れたうすい小さな
日々であった。つながっていたのである。
はなれていくということもなく。
のこしていくのはつながっていくはこまかいうすい白い
がそこにあった。
時のように成長していくのを見ていたちいさいであった。
それは零れるままにこぼしてもよかったのである。が。
そこから先に白いがあって。
つながっていたあたたかいうすいがうえから流れてきて

赤くそまるのだろうか。十一月の秋のはじまりは赤い花が咲いてはおりてくる。咲いては感情のようにおりてくる。そのなんかいもの重なりに。そのかさなりをなんかいもなんかいもわたしは見ているのだった。

冬かぜをつれてきた赤い花は次の日も次の月もかぞえるのをやめるまでまいおりてくるのだろう。

うすいちいさいは傷をかきむしるようにのびていたはずでありそののび長さが冬になると気になるのである。深くなっていく傷をどのようになだめよう。夜のあいだも花びらは音をたてる。冷たい傷をあたためるようにかさなりあっているのだろう。夜毎に爪をきると深爪になっている。長い夜に痛みがのびていく。

〈そこから〉どこへ。
〈そこから〉どこへ、と。

せきたてる花びらたちになんかいも会うのであった。なんかいもがつづいているあいだに赤の層ができて彩度も沈んでくる。淡い赤から暗い赤になり理知的に移動すればば全体の安らかな表面を得ることもできるだろう。淡いちいさな冷たいに会いにきたのはわたしであった。どのように淡くてもはっきりと知ることができるのであるかららここで待てばいいのである。

待つことが淡くある。とけないで。と。

待つことでとけないで。

羽音どき

真新しい紅葉（もみじ）は黄色から紅色の微睡みのとき窓辺にかけ
た微ぐ〈は〉音にひとひらの〈は〉と呼んでみるとかた
ちの片側がたらないのである。〈は〉に何をそよいでみ
たらよいのかと思うときにはやはり風が吹いて〈ね〉が
微ぐのであった。
黄色の紅葉が小さな手をひろげていると葉は小さな手の
ように風をなぞっているのである。
羽がふたは〈ね〉になっている。
羽がふた〈は〉になっている。
そのかたちの縁取りと
その大きさの撓みは

羽は葉のようにして
黄蝶はどこからの。ここまでへ。

〈もういくからね。
〈どこへ。

聞くことがためらわれる風音どきにそこにいているのが
見えないことのある声である。

〈そこにいるね。
〈どこへ。

問えば姿を見たい思いがそこまで届くだろうか。窓辺からは手が届くほどのところにいるのだ。このかたちではと何度も訪ねてくるのである。鮮やかなふた羽を背におりたたみ止まってもみせるよ。

春になるのは先のこと。

明日のこと。

先よりも先のこと。

ゆりの並景

うす闇に葉桜日傘をさした白塗りさんが横渡すならびの景が口をすぼめていっせいにおじぎをするのである。背丈ほどにものびた白いうつむきがこちらを向いて立秋のあいさつのように口をひらくのである。

ひと丈にひと花ありひと丈にふた花がありと数えてゆくとひと丈にみつ花がさき明るい方へ向いている。

きのうの朝はひっそりとした庭の黙した水まきで井戸水はなまぬるくはねた。草地に這いあがる白い先には上向きののびかたではあるが立ちすがたにみえるのだ。背のびをしたのはいつのことだっただろう。

ここに立ち空をながめていたことがあった。

ここからは窓がみえるのであった。

ここに声の葉を散らすことがあった。

草の種子ははじいていた。声の種子もはじいていて。

数えては指をおりまげているとここまでも来てここまでも飛んできて旧い家の窓辺までも運ばれている。

わたしの背丈よりも高くのびてひと茎に四花つけてまっすぐである。堅い蕾に訪れた黒揚羽蝶はまだこないのだろうか。


〈きのうはやすんでいたね。

〈花のようなかたちをしていた。ね。


黒い羽に蕋の赤色が目印のように水玉模様を描き水玉をこぼしていくのであった。

たどる方向には戸口があって並びの列はその間口の幅に

なりひとりと言い百人と言ってしまうのである。視線は戸にそそがれて部屋は香りで充満しているのだった。

食卓には少しほこりがついていて指のあともついている。

顔向きなのである。


〈ここにいること。

〈ここにいたいこと。　ね。


食卓の傷跡は誰の指の鉛筆の線だったか。　ここにも幼年期があって幼年だけでいっぱいになってしまうのである。

昨日の水玉がまだ零れている。

指さしてひとりと数えてしまうたたずみがありふたりよりも多く指の数よりも多くはばたきのように立っているのだ。　それは立つ秋の日のはじまりであったがあつい湿り風に押されて前かがみになって。

立っているわたしたちのすがた。
昨日の水玉がまだ零れている。
よつ花はひらいてみせる。か。
一度にまっすぐの白さよ。

羽明り

紅い木に緑が開く。
窓辺に坐り風をかぞえるように日々にゆれる。
青くゆれていた白百合をかぞえていた。口をすぼめて語
る声をかぞえていると風が強く押すので前かがみになり
草に語るようになるのだ。千本をかぞえて坐りなおす。
知ることより先に物語ることなどあったであろうか。細
いの先に伸びて陽をうける草の原はおだやかな庭である。
紅い木にひかるが走る。
紅いはいつの秋のはじまりであったか。
これからの秋というはじまりというのではないだろうか。
それとも冬に。

なんどもの。

〈いつのあきの。

〈いつのきの。


聞きかえしてしまうほどになんどもになって。

近い声であるにしても遠い声に。

ひかるの内向きにひかるの道があり通りぬけていくのだった。黄色の小さな羽をひらいてとおると白いふたはねになり縞模様の大きなふた羽になり月替りに季節変りにくりかえし蝶がとおりぬける。蝶の名前を記したりして。

茶色の蝶から黒揚羽になるまでに日々にゆれている。

黒揚羽に青い柄をつけて彩やかにひろげた羽が秋の便りというのだろうか。

白い花は下を向いて草のように前かがみだ。

朝にはぼんぼりのようにさし示す。
白いぼんぼりをめぐっていて。
明り道をくぐっていく。
紅い木がひとつに咲いていているように。
花びらの衣かさねのように。

〈はなのはなびらね。
〈はねのはなびらね。

はなびらのように草むらに羽をのこしていてあれはおそい夏の草むらにおいてあって。
紅い木になる。

風の庭

それでさえも横ふきのいきおいのようで流されないで立
ち止まることの困難さは付着している。そこで見上げる
のは日常の動作ではあるが降りかぶってくる黄色の葉群
れの広がりが厚みを増すと末広がり型の葉の軽みをおび
て横流れの渦巻きになるのだった。
遠巻きの秋がゆっくりと遅いほどの変りをみせているの
であったが遅いほどの枝の伸びようよりながく庭をこえ
て道すじまでおおっているのであった。
そこは白い道であった。
白いから黄いろいへの移り時であったが午後に吹く嵐は
黄の風となり渦まくがわたしにふれることもなく吹きめ

ぐるのである。

冷たいと叫ぶまえにめぐるのである。

黄金のなみが走っていくようだ。

めまぐるしくめぐる想いの領域へはいっている。


〈あのなかにいる。

〈かくれているよ。


そとのどこにむかっているのであろう。

黄色のなみにまみれているわたしは立ち止まっているのだろう。立つという意志をもたなくてもいいのだろう。

歩むことを止めているわたしがここにいるだけである。

ふぶくなかで厚地の上着をはおっているのだった。それでもなお寒いと思っているわたしが立っているここにとどくのである。

ぽけっとのなかに声のように一枚の黄色の葉があって手のようにとどまっている。
どこからここへ。
どのようにしてこの薄い小さなところへと問うことのない仕種でとどまっている。
激しくとまるのであるようにして。
全景が静まるのであった。

こごえの月

水が零れてくるいきおいで雪がなだれてくるのだが受けとめるわたしはいちまいの花びらよりもかわいておりまるまっているのである。雪は小枝の先の薄桃色にとまるのであるがそこにもその先の落下があり先の花びらのうえにとどまるのである。

とどまることとに透きとおるようにこごえるまで四月がこごえ月のように透けるかわきのなかで水を求めていたのであった。小さい声で。

水をうすももいろのその先で受けとめて。

うるおすことのできるかわきであれば何度も求めていいだろうか。飲みほしてもいいだろうか。

桜の花びらは明るい風にとびたちて哀しいほどいさぎよく水玉模様になって。水をふくんでいるように。

その先にはやはりかわきがあって。

かわきが求めている湿り気にたどりつくのである。そこからみえるものとしてつなげていくわたしの筆さきは透かしぼりのように水で描いてみせる。が氷った水玉のようにある。水玉が散らしたようにありそこからとびたつ白い羽があった。

雪がふた羽をたたむようにしてふぶくのであり。

明るく冷たい四月の陽ざしのなかにふた羽の蝶がとびその輪郭をなぞるように白いを水にとかすと。

雪の羽であっただろうか。

そこから先へいかれない。

ここはこえられないさむい桜だまり。

洞のなかでこごえているわたしのなかでもともる灯があるだろうか。

ここにともすのはさくらいろの雪あかり。

三月のこごえるが丸まって。
三月のさくらいろの芽がほんの少し明るんでいて。
こごえていて。
渇いていて。

冬日図

真紅な葉に黒点の水玉模様がある。かき集められた葉の山のうえに実が落ちるとやわらかくねっとりとした果液が広がるのだった。飛び散る。紅葉した木から一枚づつ葉を手ばなしていくのはどのような日であったかもう覚えていないのだった。木々の間には真青な空に雲がたなびき時おり鳥がきては止まっていく田園的な風景があるばかりだ。鳥は尾が長かったり小さくて白い羽毛を付けていたりしていたが群れで飛んできては橙色の実をついばんでいる。中味だけを食み種を吐くのだった。枝からはなれた葉は乾いており昨年よりも葉がこみあって伸びているのが分かるほどに多いのだった。木についているのは柿の実のへただけである。小さな帽子のかたちをしている。皮は手でむいたように実のかたちで残っている。開いてみると実は少しも残っていない。枝についたかたちでありながら果肉は食されているのである。

枝と枝との間にはなにがあるのだろう。ここから見えるものであるだろうか。捜しているものはただひとつである。風がつれてくる小さな声だ。呼ぶ声にこたえる声がおとずれる。

昼のうすい月が枝と枝にわたす橋のようにかかっている。白い雲のように見える月であったが細くかかる月という木は見慣れた庭を遠い風景にするのである。

遠方から訪れを待つのである。

ここに立つことで。冬のなりで。

草兎

草いろがなだれる野の縁までかけていくとさらに広がっていくのは草の気配ばかりである。ふさふさした感触が手のひらにのこっていると草いろがふきよせてくるように戻るのであった。ふきよせてくる息づかいが静かにうずくまっているように遠くにあるのだがそれはどのような形をしていたのだろう。

手が大きかったように思うのだが。

足が大きかったように思うのだが。

耳が長かったようであるはずなのである。

野のどのあたりに眠っているのであろうか。

草いろがときおりあくびをするように浮きあがるのであ

る。まっすぐに伸びる草の川のながれの速さを追いかけてみる。

ながれは円をえがくように下方向にくるのであった。わたしの坐っている野とながれはつながっているのだがそこには草の溝がありおおわれた思考のように気づくのがおくれるのだった。

あのふくらみのある形を抱いたことがあるのだった。それはやわらかいが重みがあって持ち上げるのには両うでに力をこめなければならなかった。

草のうえをなでる。かたちにそって。

懐かしいかたちをなでる。なぞるように。

キャベツの味のいもの味のくだものの味のする草を食むのである。一日分を一日かけて。

次の日はにんじん味を一日かけて食むのだ。

いつでもここはあたたかい。草むれに坐っていることが一行の詩であるようにわたしは言葉を食むのである。

にんじん味を食むかたちがみえてくる。

近くにあるかたちが動いているのが在るのだ。それは愛らしいからたくましく育っていた飛びはねるかたちである。どれほどのあいだわたしはこれらをみていたのだろう。

気配のにおいをかいでいたのである。

息をおおきく吸いこむと思考までゆれて草いろになってくるのである。

おもいおもいの感情で。

ふきこむ。

緑走

軽くなるひと葉が
乾いている手のひらの葉が
雪のひと粒に
軽やかに舞うと
枝には小さな紅い芽が
季節の知らせの小声のようで
雪のひと粒のあとに
いく度のひと粒であったか
いく度の朝があったか
雪の朝のたびに
ふくらんでくる芽がある

古い樹木に
風は温かい手でふれる
樹下に佇むわたしは
今日のわたしであろうか
次の季節への助走である
風笛の合図で
走りだすように
新しい芽ぶきがあり
緑の動作よ
緑走するのだ

雨野行き

雨のあいだから滑りだす羽の青さよ。
濡れていくのは決められていたことだろうか。
列車が止まらなくなった草の駅からここまで歩いてきたのだった。

羽をひろげてみると雨粒のように言葉がこぼれしたたり
物語のようにしみあとが残るのであった。

その言葉の翻訳のように出会ったらという願いよりも決意に等しいのであった。

羽の骨格がある物語的な形体をしてここに柔かな気持ちをこめて羽を一枚一枚のばすようにさするのであった。

〈あなたは

ここに

〈いるの。

幻の羽が野にふってくる
幻がとける青よ。

はなの羽

き花が草ゆれから飛びたつように紋黄蝶が飛ぶのであった。草いろのすいっちょも葉かげからいっしょにゆれ動く振動のように飛びあがるので野の草が広がっているように花がゆれている。

きいろが飛びたつ高さに小さいき粒がのっている。小粒のこ群れがいっせいにはばたくのでありはなをめぐる蝶がいてわたしをめぐる蝶がいて幾度の夏のなごりを渡してくれたことだろう。こんなにも地にすれそうなところまで手にふれそうなところまできていてめぐり合うのであった。ゆでたまごのきみをほぐいたきいろをふりかけた小さな花がそこでもゆれるのである。

〈ここにいるのね。
〈あちらにもいるのね。

草がゆれていると立っているわたしもゆれてだきしめたくなるのである。ゆれるかたちに色ぞめをしてこんなにも愛しくなつかしいゆれるかたちがあるのだった。

〈ゆれるかたちね。
〈うずくまるよ。

草がゆれると蝶がりぼんをひろげるように漂ってくる。小粒のき花のひらがよせあう結びめでふたりばなであった。

あさの湯気にまみれてゆでたまごをつくる手はこまめにうごかすとまんなかに黄身の丸ができるのだった。口もとからこぼれたように花のまんなかにおさまっている。

ゆでたまごはわたしのなかであたたかくとどまっている。

裏ごしのようなきいろは花のようでもあるが蝶のたまごのようにもみえてあるいは花びらのうえのきいろのたまごであるかもしれないのである。

きいろが綿毛のように秋かぜに飛びたつ時だっただろうかと日をたどってみるがそれは春の日ざしのようでもありそれは十月の日のようでもあり思う時に咲いているのであった。

〈はは〉と〈こ〉の草という名が呼びかけられるのであった。のだろう。

わたしはははであったのだろう。

この名を呼んでみる。ははの声で。

それはなんかいも。なんにちも。と。

きいろが飛びたつのである。
きいろのこ羽をひろげて。　はなの羽をはばたいてみせるよ。
この声が聞こえてくる。
〈こ〉の声がなんかいも。

鳥の日

紅深く緑山をおおい一輪のように咲く花が風にゆれている。葉のかずより花のかさなりにという咲きひらきではある。

窓辺に坐る午後の風景画の描写は情緒的になり長い休息を求めるほどに強く風をかぞえるように日がゆれる。回想的な長さで花びらが地にしきつめられる模様式の語りは何の物語の続きであったか。

手のひらはひとひらの花をのせている。優しいかたちは手のひらの続きのようになじむ紅いに染めるのだ。

小さなくちばしがおとした花びらのひと枝は枝の先の先へのびている。

そのひと枝に時おり草色の鳥がとまりついばみはひとゆれふたゆれになる。大きなゆれの小さなゆれのひと花をついばみ渡す合図のように鳴くのは親しみの伸びのように小刻みではある。

伸びる風景は陽をあびて青さに吸い込まれていくほどに強くはばたく羽の葉である。

この風景は庭というにはあまりにも近く静かである。その静かにもえる炎というように山茶花はいつからか冬の木になり口誦む花の歌になったのだろう。

うずまく幼年がここにあり待ちどおしいから待つことを見るようになる。待つ時が雪のすがたにとける炎といってもいいか。

紅い木にとけるように寄りかかると親しい声がささやくのである。鳥の声のように明るく軽やかに言葉のようにひびきとけてゆく。

〈待っているの声を。
〈おとずれるの声を。

声の混り合うところはもえていないか。
わたしは声と混りあいたいのだった。
待っている声になる。 草色になるまでに。
紅い巣になる。

はなの爪音

緑景のつま先にうつむくすがたでついばむように菫が春の隅で群れている。春をひろげてみると細長の葉身が草むれから伸びだしている濃紫の野路菫である。

上向きのうけ皿になる丸みの葉にひと花づつがふた花づつがと盛皿にふくらみひかっている。冷たいにひかり温かいにひかり点描法の広がりをたとえばという言葉を探しだすことなく立坪菫のなりで漂う紫なのである。

濃い青紫の明るい赤紫のと見詰めてみると薄青紫が白菫があり全ては菫色なのである。

春の絵は一輪をめぐるように低い風向きに斜め雨向きにも多種の菫色で小さなめぐり時には小菫と呼ぶ。飛びたつ白いのふた羽のあとから薄桃色の花びらが隅から隅まで行き来して早い春から遅い春を敷き詰めており淡紫の桜菫が咲いていて。

呼ばれた菫の記憶はどこまでも幼いすみれ色になり紫色に染まるのであった。草地に点と点とがありここをたどって行くとどの記憶までたどることができるだろうか。


〈いくからね。

〈どこへ。まで。


ここにいることは訪ねることのできる花吹雪で小さいを小さいことのように見知る吹き溜りで小さいを手のひらでかこむと親しい言葉にふれるように記憶する花の声は明るむのである。

花のひかり月に。

三月の扉

開けたドアに一季節まえの風景が振りわたる。
吸い込まれることがあり後振り向かない閉め方がある。
ドアがゆっくりと戻るとすればそこには使い古した食卓
があり細かい傷が浮んで幼年期の親密な時間がふり積っ
ている。
その一季節のさらにまえに庭には百本の百合が咲きめぐ
りうつむいていた。
内側から見ていたのはわたしであったろうか。

〈影もつれておいで。

花をかぞえることもなく白い花と息を吐くだけなのであった。つぶやく庭に青い茎が小さな蕾を抱いている。

蕾が青さから抜けでていないのである。

小さなひかりが訪ねてくるだろうか。

降りつもるものをわけて手が差しのべられるだろう。

桜色の羽をつけたものに。

菫暦

季節の名残りの花群れが先の季節を遠くしている。濃紫色の小花がここに問うように咲いている。わたしは答えを捜しているのだ。次の季節は来るのだろうか。冬になるのか。まだ風はなまあたたかい。佇むのだろうか。

冬のなかで。

佇みたいのだろうか。


〈囁く小声よ。

〈覚えているよ。

季節は小花を離れられないのであった、その足あとは花群れを巡るようにありめぐるのである。そうしてもうひとめぐりするのだった。草をふむ足あとは薄い記述帳のようにわずかに草の茎がたおれたかたちでいる。
この歩幅に日付がよみがえるのであった。

〈そこまで辿ってゆくよ。

草がさすってくれる足うらは小さな声を辿ってゆくのであった。
呼び合う声が幼な子の呼び名であったとしてもいいのである。菫の声のように。

〈ここで待っておいで。

〈季節はここで止まっておいで。

見るたびに季節をこえて咲いてみせる。冬であっても咲いている。

草が笑うように息をふきかけるのだった。

〈待っておいで。

緑雨向き

糸すじのひとはなのきんいろが年月のようにのびて冷たいのである。

どの時からおりてきたのだろうか。きんいろは一度にふりつもる小粒の小さいのはずであった一日の香り分けがここまでも来ている。花冠のかたちに光っている花飾りはどの懐かしさに届けばいいのかとどまる香りの強さである。

わたしたちの庭は緑色にあふれている。

わたしたちの緑景は静かだ。

緑葉をはむ音がする。

私語のように。

葉縁をはむ歯のかたちは夏向きの続きである。

秋向きの水玉模様は庭にちらばり虫たちの飛行先になる。

それでも燈りのような橙いろの小粒たちは四羽をひろげて咲くのである。

羽のかさなりは群れをなすしがみつきでもありどこまでも物語のようにすじみちをつけてみせたいのだがその不解読なすじが細くのびているのだ。

ここから受けとってもいいのだろうか。

このすじみちはわたしたちのみちなのだろうかと見上げるときんいろの影が横ぎるのである。

通りすぎるみちすじであるとすればつれてくることもない。のであるか。

語ることのできる花がここにあり雨物語をもつれてくるのであるか。

みちづれのように。

〈遅い涙のようね。
〈こらえていたね。

ひとことがひとすじでひとながれになって。
こぼす涙雨のようにして。
きんいろの影が悲のいろ分けではないというように。
輝く木はここに立つ。

草向うの羽

柿の木洩陽が肩先にまでおりてきて季節の午後を知らせている。少し湿り気があって肩の熱さを受けとるのだ。

木陰は夏の涼しさも葉揺れの速度で渡してくる。

その日も羽ばたく速度でとおりぬけるふた羽の影のかたちが置かれているように。

影の羽は黒い羽ばたきで単色であったが赤い文様が付いていてふた羽の下にふた羽をもちここまでの肩先までおりてくるのである。午後のあし音が草むれにのると葉の風音のようにおりてくる。

〈きょうのはばたきね。

〈きのうのはばたきね。


午後の木洩陽の草なかに坐っていると昨日のはばたきがやってくるのだ。黒い羽をひろげて確かに昨日のはばたきである。

葉すみれの草むらには香りの記憶がたちのぼる。わたしたちの日々の記憶のように。とけていかない夏の香りであるようにして羽化するのだった。ふた葉にふた羽をのせて。黒揚羽蝶の名のつけたはばたきで。

草かぜにはばたいて。

草の向うまで。

あとがき

窓を開けるとそこには庭があります。遠い野まで歩いて来たようにも思われましたが、窓から庭を見ていただけかもしれません。桜の木の下に佇む私がいるばかりです。季節のめぐりの中でそのような詩を十年ほど書いて来たのです。

個人詩誌では、常に新手法を追及しての詩作を継続して来ましたが、前詩集出版以後に書いた詩と、詩のアンソロジーや同人誌や他の雑誌に発表した詩でまとめました。

装画の水彩画「天牛（かみきりむし）」は、息子の作品集『緑の帽子』に収められています。作品集は、七回忌にあたる平成二十四年三月三十一日に出版しました。

ここまで支えて下さった多くの方に心からお礼を申し上げます。

鈴木東海子

初出記録——

夕窓——「櫻尺」31号、二〇〇七年
桜まいり——「櫻尺」32号、二〇〇八年
ゆりの雨——「櫻尺」33号、二〇〇八年
草の日——「抒情文芸」138号、二〇一一年
緑布——「文芸川越」30号、二〇一一年
かおり雨——「歴程」No. 574、二〇一一年
樹時計——「操車場」2号、二〇〇七年
花むれ雨景——「詩と思想」11月号、二〇一四年
緑年の末——「詩のアンソロジー・日本ペンクラブ」、二〇一〇年
淡せき章——「部分」42号、二〇一〇年
羽音どき——「現代詩手帖」3月号、二〇一五年
ゆりの並景——「詩と思想」11月号、二〇一三年
羽明り——「櫻尺」40号、二〇一四年

風の庭――「天蚕糸通信」No. 8、二〇一一年
こごえの月――「孔雀船」Vol. 76、二〇一〇年
冬日図――「歴程」No. 573、二〇一一年
草兎――「詩と思想」3月号、二〇一一年
緑走――「埼玉文芸家集団会報」16号、二〇一一年
雨野行き――「ブリゼ」創刊号、二〇〇六年
はなの羽――「櫻尺」37号、二〇一〇年
鳥の日――「知の海」埼玉文芸家集団アンソロジー、二〇一三年
はなの爪音――「文學界」6月号、二〇一三年
三月の扉――「プリズム」創刊号、二〇〇八年
菫暦――「Po」125号、二〇〇七年
緑雨向き――「詩客」ウェブマガジン、二〇一三年
草向うの羽――本書

鈴木東海子（すずきしょうこ）

一九四五年生れ。

詩集

『補助なし自転車のペダル』（一九七八・詩学社）
『ロープ付きジャンプ』（一九八一・詩学社）
『後向き青空』（一九八五・書肆山田）
『町立病院の朝食』（一九八九・花神社）
『日本だち』（一九九三・思潮社）
『旅の肖像画』（一九九五・思潮社）
『類夢』（一九九六・思潮社）
『黒兎の家』（一九九八・思潮社）
『野の足音』（二〇〇二・思潮社）
『草窓のかたち』（二〇一二・思潮社）

エッセイ

『詩の声』（二〇〇一・思潮社）
『詩の尺度』（二〇〇六・思潮社）

桜まいり＊著者鈴木東海子＊発行二〇一五年八月六日
初版第一刷＊装画鈴木研之輔＊発行者鈴木一民発行所
書肆山田東京都豊島区南池袋二-八-五—三〇一電話〇
三-三九八八-七四六七＊印刷精密印刷石塚印刷製本日
進堂製本＊ISBN九七八-四-八七九九五-九二〇-一